Dedi

Me perdono y me doy
la oportunidad de aprender
y crecer

Malas Madres

Angela Suarez

Editado por: Lola González
Corrección por: Carlos Toro
Portada por: Javier Hernández

A todas aquellas que han
sido, son y serán madres.

Prólogo

Este libro es la muestra de que no importa la edad para que tus metas sean alcanzadas. Esta es la historia de Angela Suarez, una mujer de cincuenta años que está materializando un sueño que siempre tuvo en su cajón. Cuenta su historia, no una cualquiera, su vida. En estas líneas plasma sin miedo el dolor y el amor de una madre, que, a pesar de las adversidades, tuvo la valentía, guiada por Dios, de darles un futuro diferente a sus hijos y no tan lejos de nuestra realidad podemos encontrar historias como la de ella, quien fue abandonada por su madre. No tan lejos de nuestra realidad tenemos personas que nos sonríen por fuera, pero lloran por dentro y en silencio. Superación, valor y mucha voluntad son las palabras que rescato principalmente de este libro fácil de leer, adapto para todos. Ojalá te veas reflejada a ti o a alguna mujer en tu vida, que con mucho o poco, nunca se rindió.

Estoy convencida de que el Amor rescata y salva del más profundo abismo, y esto sucedió también con Angela. Te invito lector a conocer la vida más allá de las apariencias, la vida más allá del dolor y de la escasez. "Malas Madres" te enseña a no reprochar tu lugar de nacimiento, a soltar lo que inútilmente abrazamos con el alma, a aprender de nuestros errores y a mirar más allá de ellos. Siempre con una sonrisa y buena disposición, como te contagia Angela a través de sus letras, recordándonos también que nunca es tarde para ir por más y encontrar la estabilidad que por tanto tiempo se ha buscado.

- Lola González

Sobre la portada

La vida a los ojos

La tierra con todas
sus cosas bellas, la naturaleza,
los cielos y su inmensidad;
sus seres humanos y todo su proceso.
Acompañados solos,
acompañados caminando hacia los sueños
con todo lo que tenemos, felicidad,
llantos, planes, en todos los sentidos...

Siempre sabiendo a donde ir.

"Se trata de estar solo.
Hay parejas por todas partes, pero un hombre soltero, profundo y... acaba de perder a su esposa".

En la foto, el autor de la obra de la pintura y a su derecha, Angela

Introducción

Me regalaron como paquete de regalo no deseado a mi corta edad. Hoy escribo este libro para ser la voz de todas esas mujeres que tienen una historia por contar y seguir viviendo. Llevo muchos años postergando este momento, queriendo hablar de lo que he sido y soy, de quien me he convertido, sin embargo, hoy sé que ha llegado el momento. Muchas mujeres soportan en silencio y mueren en el intento. Yo no tengo miedo de hablar, de contar nuestras falencias, nuestras luchas y poderes. Considero tener un gran don brindado por Dios y este don consiste en dar. Por lo cual, quiero que, a través de mis letras, algo, aunque poco, pueda transmitir. Estoy con muchas, muchas sensaciones; se juntan mis años, la experiencia, el ver a mis hijos culminando cada uno sus batallas, el que son buenos jóvenes, el saber que lo he hecho bien, que los he podido educar, sin un padre como referente, sin embargo, con Dios de la mano. Desde hace diez años le entregué mi vida al Señor, me bauticé, y desde ese momento ocupa en mí, el primer lugar. Esa parte llenó mi vida de cosas que antes no tenía, soy diferente, tengo sueños, metas, ganas inexplicables de enseñarles a mis hijos valores importantes, esos que a veces, estando en vida, se pasan por alto, como el respeto y la magia de hacerles creer en ellos, aunque las circunstancias no sean las mejores.

Con Bryan, mi hijo mayor, las situaciones fueron muy duras casi la mayor parte del tiempo. Vivió conmigo cosas que quisiera haberle evitado, pero al final, todo esto fue nuestro recorrido y debemos estar orgullosos de quienes somos hoy y de nuestra historia.

Con el pequeño, las situaciones se vieron diferentes, él nació en España. Llegamos a un país con una economía mejor y él está rodeado de mucha familia por parte de su padre; tías, primas, hermanas y sobrinos. Aunque él es muy callado, tiene un sentir muy personal. Con Bryan hemos creado vínculos muy fuertes, de cuidarnos y protegernos con las circunstancias que nos tocó vivir. Eso nos dio un lazo muy fuerte, imborrable y difícil de reemplazar. Compartimos las situaciones difíciles en su niñez, en su adolescencia, en su madurez. Ahora él tiene unos años y yo tengo otros. La vida nos regaló meses juntos durmiendo en la misma cama, hablando, orando, riéndonos, viéndonos en distintas edades y con distinta economía y con resultados diferentes. Es un regalo que nos ha dado el Señor.

El venirme para Inglaterra ha sido un cambio muy importante para mi vida. Me siento un poco cerquita de Colombia, más livianita, siento que puedo hacer muchísimas cosas y estoy en otro nivel de mi vida, de mis años, de mis pensamientos, de los sueños y de las cosas que Dios tiene para mí y para todos los míos. Estoy muy dispuesta a ponerla al servicio de todos los que puedan aprovecharla. He pasado por muchos caminos, por muchos sitios en mi vida, y me siento muy bendecida porque en todos los lugares he hecho amigos, he podido ayudar, he podido compartir, he podido aprender, he podido crecer, y el universo ha conspirado para ponerme gente extraordinaria de la que he aprendido mucho y a la que le tengo mucho agradecimiento, y que siempre llevo en mis oraciones porque Dios es quien ha hecho todo posible. El camino y la marcha de la mano del Señor siempre tienen una gran recompensa y somos muy afortunados por poder decirlo, por poder escribirlo, por poder plasmarlo, por poder contar la clase de persona que somos gracias a que Dios tocó nuestras vidas.

En la gran convención, en el gran andar de cada día, se puede dar testimonio, se puede ser luz para muchas personas, y el resto lo hace el Señor, porque Él es el que pone la cara por nosotros, Él es quien nos defiende, Él es quien guía nuestros caminos siempre, pero los seres humanos nos desviamos de Él y no vemos más allá. La gran ventaja es que Él siempre está cuidando de nosotros. Quiero que leas mi historia y la de otras mujeres que, aunque quisieron, nunca se rindieron. Mujeres fuertes que aprendieron a salir adelante con todas sus luchas, algunas con una sola maleta, y otras, sin nada.

"Malas madres" es el libro que siempre quise escribir y hoy es una realidad.

Hersilia y Gloria

Gloria y Angela

Esta historia tiene
un inicio, pero...

Las primeras mujeres de mi vida

Empecemos por el inicio. Soy Ángela Suárez, una mujer nacida en Medellín, Colombia, la ciudad de la eterna primavera. Y aunque actualmente no viva allí, siempre será mi cuna, mi lugar de nacimiento. Quedé en embarazo a muy temprana edad, tenía tan solo dieciocho años y medio. Quería prepararme, hacía mi bachillerato, era muy buena en matemáticas. Estudié hasta que mi embarazó empezó a notarse. Me echaron del colegio por eso. Tenía 16 años cuando me fui de casa, mi madre no estaba lista para estar presente, y sí, hablo de la madre que me adoptó. Tenía sus propias tormentas y batallas fuertes por superar, pero más adelante hablaremos de ella.

Viví por dos meses en casa de una señora que conocía, una vecina, no tenía un lugar estable, hasta que un tiempo después, yo que soy muy amiguera, conocí a Adriana en el bachillerato. Ella me ofreció su casa, un hogar pequeño en un barrio de Medellín llamado Andalucía. Éramos doce personas, dormíamos de a tres en cada cama. Recuerdo mucho esta etapa porque era una familia muy trabajadora. Tenían una cocina de cemento donde se cocinaba una libra de arroz para todos y una sopita caliente, que alimentaba no solo el cuerpo, sino el alma hasta el día de hoy. Un poco de ensalada y un poco de esto en cada plato. Se oía el río de aguas sucias pasar por la cañería al lado de la casa. Éramos nueve mujeres y la discusión por la ropa no faltaba, cuando alguna tenía su ropa sucia, se ponía la de la otra. Fueron tiempos especiales para mí. A la madre de Adriana, le decía mamita y recuerdo que un día me fui a trabajar porque me recomendó en una casa. Trabajé de siete de la mañana hasta las ocho de la noche por cinco mil pesos colombianos que equivalen a un euro. Sin comer y sin beber agua. Si hubiese sabido, no habría ido. Mi mamita, la madre de Adriana, a quien le decía así de cariño, trabajaba limpiando casas y su esposo, trabaja en una chatarrería. Los ingresos que entraban a la casa eran muy pocos, pero era un gozo sentarnos a discutir por esa libra de arroz compartida entre todos, la ropa limpia, el espacio en la cama, si alguno roncaba, y así. Era satisfactorio ver como personas que no tenían casi nada, compartían de lo que tenían. Eran vivencias muy cercanas, ahora tengo cincuenta y dos años y recordar esta historia y poderla escribir, me hace dar cuenta que es hasta el día de hoy, para mí, un recuerdo especial que no hubiese sido posible si mi progenitora no hubiese tomado la decisión de tenerme, a pesar de que me regalara.

A esa edad no conocía a nadie y ¿quién le iba a dar trabajo a una niña? En Colombia hay cosas muy buenas, pero las personas como yo, estábamos o estamos desamparadas, no hay empleo y toca rodar de tumbo en tumbo, es decir, de casa en casa. Tuve la gran bendición que nadie me faltó al respeto ni hubo violencia sexual en mi vida, estuve expuesta sí, pero no pasó nada gracias a Dios. Mi elección nunca fue consumir drogas o hacer cosas malas, aunque eso era lo que veía constantemente. Cuando tomé la decisión de irme de casa pasé por muchas situaciones, por trabajos muy duros. En Medellín fui a pedir trabajo a Kokoriko, pero el señor me dijo que no, que hasta que yo no terminara el bachillerato no me daba trabajo. No sé con quién me conecté, pero terminé vendiendo publicidad de una tipografía que se llamaba "Sin igual y siempre igual".

El señor me dio trabajo y me dio un portafolio para que visitara a las empresas ofreciendo los servicios de la tipografía y yo me vestí muy elegante como toda una ejecutiva y visitaba los sitios que tenía a la mano para no gastar pasajes. ¿Cuáles eran esos sitios? Eran los bares y cafeterías de la zona de Guayaquil en Medellín. Tendría alrededor de 16 años, yo me metía a todos esos sitios para vender mi trabajo con la mayor inocencia. Yo no miraba ni lo malo, ni los sitios, yo me encomendaba a Dios y él me guardaba, porque en realidad, en aquellos lugares solo había drogas, peleas y demás, por toda parte, pero estaba protegida, y nada me pasó. Yo iba tranquila, no me preocupaba, a raticos me daba susto, pero luego se me pasaba.

También vendía escobas, trapeadores en los barrios apartados de Medellín. Vendí paquetes de jabón, aguantaba mucho calor. Así mismo trabajé en una casa como interna, pero mi mamá cogía mi sueldo y el viejo ese de la casa se quiso a provechar de mí, haciéndome trabajar más de lo que debía, así que solo trabajé tres meses. Hay muchas vivencias fuertes en mi vida, algunas las menciono, otras no. Después de todo esto nació mi hijo Bryan y después las vivencias en Cali y luego en España y fue demasiado fuerte, el hambre, el frío, el desempleo, los malos tratos, el desconocimiento, cambiaron mi vida por completo.

Eso sí, hasta el día de hoy, todas esas mujeres que hicieron parte de mí, siguen estando presentes con todo lo que me enseñaron y dieron.

Adriana y Angela

Mis compañeros del colegio con mi hijo Bryan en mis piernas

Mis Madres

Quién diría que la vida me daría más de una madre. Quién diría que una de ellas me regalaría. Llegué a la vida de Gloria de los Milagros Suarez muy pequeña, quien fue mi madre de crianza. Gloria era una joven, hermana mayor de dos varones, Umberto y Dorley, hija de Hersilia, mi otra madre. Tuvo una vida desenfrenada, quizás por su misma dura niñez, en las que tenía que salir a pedir o vender cualquier cosa para traer el pan a su casa. Podría decir que la vida la llevó a juntarse con mala gente, aunque en el fondo también sé que pudo tomar decisiones diferentes. Esto lo digo porque yo también crecí en ese medio, pero hoy en día, ni siquiera fumo. El vicio que más recuerdo era el bazuco, esto porque en ocasiones, ella misma me mandaba a comprarlo, exponiéndome así a una sin fin de peligros y cosas que un niño no debería ver, pero Dios fue bueno conmigo y siempre me cuidó.

Siempre hablé con ella de manera muy sincera y abierta. Me contó que a los 13 años fue violada por un carnicero y desde ese entonces el rumbo de su vida tenía un solo significado, sobrevivir. Aprendió a defenderse con cuchillos y se entrometió en todo aquello que es mejor nunca haber conocido, los vicios. Llegué a su vida cuando ella tenía quince años y yo solamente cabía en un lavamanos, nadie sabía mi edad. Determinaron que no tendría sino meses de nacida cuando decidieron que me llevarían al médico legista. Querían sacarme en la prensa, querían que conocieran mi caso.

En una ocasión le pregunté a Gloria qué había sentido cuando llegué a su vida y su respuesta sigue vigente en mi memoria, pues, ¿quién olvidaría si le dijeran que eres esa muñeca tuerta que siempre pediste para las navidades y nunca llegó? Su muñeca tuerta, eso era para ella. Ahora, se preguntarán ustedes, cómo llegué yo a su vida. Quizás les suene un poco extraño y fuera de lo común, aunque créanme en mi vida, siempre han pasado cosas poco habituales. Gloria me contaba que un día estaba en el centro y vio una señora alta y acuerpada y se le acercó, le pidió la niña y la señora, alta y acuerpada, como si nada, la dejó en sus brazos y se marchó. Esa señora me dejó en sus brazos, como si nada y se marchó. Gloria tenía quince años. Y me pregunto, ¿cómo alguien en su sano juicio puede dejar un bebé en brazos de una niña, como si nada?

Mi partida de bautizo dice "Ángela Suárez, hija de padres desconocidos". Para mí una madre es ese instrumento, es el lazo, esa unión entre varias personas, ese rasgo que nos queda de cada progenitora, ese don especial que cada uno lleva consigo, ese resplandor que sentimos cuando somos madres, ese sueño, anhelo cumplido, ese miedo, susto por todas las sensaciones extraordinarias que vives y esperas vivir. El proceso de su crecimiento, de su adolescencia de esas metas logradas, de sus desaciertos, de esas cosas tan inesperadas que suceden en cada vida y que nosotros miramos y tratamos de ayudar a mejorar, de ponerlo como si de nosotros dependiera, pero tarda un tiempo en enterarse que no depende de nosotros.

"Alta y acuerpada" es todo lo que sé de mi madre biológica. No sé si sigue viva, no sé si me habrá buscado, si quizá se arrepintió de haberme entregado. Quién sabe si en algún momento nuestros caminos se cruzaron y no nos dimos cuenta. Todo lo que ahora mismo sé es que la desconozco muy bien. Hubo un tiempo en el que me reprochaba su actuar, su decisión, "¿por qué lo hizo?", "¿qué le hice?", eran preguntas que invadían mi cabeza. Pero creciendo, mi mentalidad cambió. Entendí que como la desconocía, no conocía su vida, por lo que estaba pasando, viviendo, quizás estaba enferma, quizás no se sentía fuerte, aunque a veces lo dudo, porque me considero una persona muy fuerte y soñadora, y todo lo que tengo tiene que haber venido, en parte por ella. ¿Quién era yo para juzgar su decisión? Si al igual aquí estoy por ella. La muñeca tuerta creció de alguna manera gracias a la señora "alta y acuerpada". Hoy Gloria ya no está, pero me dio el calor de una madre que todo hijo desea tener. Además, cuando llegué yo a su vida, ella siendo una joven, y teniendo que rebuscarse las cosas, me dejó con Mamita, su madre, quien para mí también lo fue, porque se comportó como tal. Con ella me quedé muchos años mientras mi madre, Gloria, se iba a trabajar al centro. Tengo el recuerdo de que mi mamita me mandaba con un primo a pedir sopa en otras casas de otros barrios porque la comida era muy de supervivencia. No pude ir a la escuela, mi bautizo fue a los diez años. Uno no piensa mucho las cosas, pero los padres nos dan de lo que tienen, a veces inconscientemente nos pasan sus resabios y nos tratan de la misma manera que fueron tratados. No se deben juzgar por eso. Gloria, a pesar de todo estuvo presente, y hoy lo sigue en mi mente. Después de mi embarazo llegó una persona muy importante a mi vida y a la vida de mi primer hijo Bryan, se trata de Elsi Macías. Una mujer que no solo me abrió las puertas de su casa, sino la puerta de su corazón. En busca de un lugar donde dormir junto a mi hijo recién nacido, llegué a la casa de Elsi, ella alquilaba habitaciones y tenía una libre para mí. Muchas personas le aconsejaron no dejarme entrar a su hogar, ya que ella estaba casada y yo muy joven, para los demás yo podría haberle robado a su esposo. A ella eso no le importó, vio mi necesidad, una madre primeriza intentando darle lo mejor a mi hijo. En ese tiempo ya las cosas eran mucho mejor en mi vida, ya no vivía en la escasez, ahora tenía un cuartico y tres trabajos. Dormíamos los dos en una cama, ya no tenía con quien discutir sobre el espacio o las cobijas. Aun así, hubo muchas noches donde tuve que darle a mi hijo el tetero frío porque no teníamos un fogón para calentar. Recuerdo que un vestido amarillo era mi mejor atuendo. Tan solo tenía diecinueve años, estaba muy flaquita, pero en mi cuerpo cabía todas las ganas por salir adelante. Elsi fue un gran apoyo para mí en mis inicios como madre, siempre cuidó de Bryan mientras salía a trabajar sin cobrarme un solo peso, siempre estuvo pendiente, y nunca faltó un gran consejo de su boca.

Hoy mis madres significan mucho para mí y les tengo agradecimiento. De cada una aprendí algo diferente. A mi madre biológica, le debo mis genes y eso me recuerda siempre a ella. A Gloria, le agradezco el haberme enseñado su valentía y fuerza interior para sobrevivir a sus circunstancias; sus últimos años los dedicó al Señor, siempre la llamaban para hacer novenas y hacer los rezos a los que se iban. Logró mejorar su vida. No tuvo más hijos, fui su única hija. Me dolió muchísimo no haber podido estar a su lado el día que murió.

De alguna manera siento que quedó esa puerta semi abierta que hubiera querido cerrar con amor y una buena despedida. A mi mamita, le debo todo lo que soy y el haber podido crecer con buenos valores. A Elsi, que no fue mi madre adoptiva ni de crianza, pero quien nos cuidó como si fuésemos de su sangre, gracias porque hasta el día de hoy su casa es nuestro hogar.

Elsi y Angela

Mi embarazo

Empecé a vivir sin miedo centrada en sacar adelante mi hijo, era joven y bella, tenía veinticuatro años, las prioridades que tenemos a veces son materiales, efímeras, pero no organizamos nada hasta que nos suceden cosas que nos hacen poner los pies en la tierra. Es hermoso estar siempre rodeada de personas que me ayudan y me dan lo que tienen. Como mencionaba antes, quedé en embarazo muy joven. Tenía apenas casi diecinueve años. El padre de mi hijo, quien en ese momento era mi pareja, un joven de mi edad, tenía muchas situaciones, complejidades, dijo que respondería, pero quedaron solo en palabras sus promesas. Nunca tuve miedo de traer una criatura, lo único que me dejaba pensativa era el sustento. Recuerdo que me sentaba en una manguita y le hablaba a la barriguita, le decía a mi hijo que lo poco que tenía para darle eran mis manos para trabajar. Siempre se lo repetí. Me daba mucha tristeza no poderme alimentar como debía de ser. Comía una sola comida de sal al día, trabajaba en un puesto de jugos y cuando podía, me tomaba los sobrados de los clientes. Después del parto, tuvimos una caída muy fuerte, bajando unas escaleras, resbalé y no sé cómo, pero logré voltearme y el niño cayó sobre mí. Durante el embarazo desarrollé mi capacidad de protegerlo. Si se metían con mi hijo, descubrían la Madre leona que todas tenemos. En una ocasión, no teníamos donde dormir y encontré a alguien que me diera posada. Esa misma persona iba a cuidar de mi hijo, pagándole claramente, mientras iba a trabajar de interna en una casa donde me habían ofrecido trabajo. Lo dejé solo ni ocho días y aunque le dejaba todo listo, unos vecinos me dijeron que el niño lloraba sin cesar y escuchar eso, fue desgarrador, pero de hambre no nos íbamos a morir. Dejé mi trabajo, recogí a mi hijo y nos fuimos. De esa ocasión recuerdo que te tenía una cama con mi hijo, una cama a la que le ponía trapitos, ropa que usaba, las ponía de su lado para que no le tallara, aunque muchas veces se quedaba dormido en mis brazos dándole pecho, ya que estaba muy pequeñito. Una mañana llegó mi madre con un regalo para su nieto, ella estaba viviendo unas batallas muy fuertes con el hombre con el que había decidido vivir tantos años de luchas personales, con el tema de la droga y temas económicos, y me dolía verla así porque cuando los visitaba me daba cuenta que no había amor entre ellos, y solo era una costumbre. Tuve una vez que hablarle fuerte porque estuvieron a punto de hacerse mucho daño y le dije en una ocasión que, si él se atrevía de hacerle algo a mi madre se las iba a ver conmigo ya que no iba a reaccionar con poco, incluso le dije que le haría daño yo, pero fue mi manera de defender a mi madre y no voy orgullosa de eso porque siempre he intentado hacer lo correcto. Y así mismo fue que entendí que debía siempre cuidar lo mío. Hoy que mi hijo Bryan ya tiene veintisiete años, es todo lo contrario, quiere protegerme a mí. De alguna manera siento que todo ese trabajo que hice y sembré se ve cosechado en todas sus acciones y amor hacia mí. Mi hijo estuvo conmigo en todo momento, creo que por eso mismo tenemos un vínculo tan fuerte. En las buenas y en las malas, estaba allí. Cuando mi hijo nació, tenía una ilusión muy fuerte de ser madre, tanto que olvidaba que tenía un padre. Con su padre nos veíamos y me daba quinientos pesos, que en euros no son sino unos cuantos céntimos.

Nunca le exigí que respondiera, siempre me tomé la responsabilidad de mi hijo, era mi responsabilidad y así fue. Hablar con él de estos temas, del hecho que escribiré nuestra historia y que los demás sepan que lo logramos, es una gran ilusión. La pobreza no importa cuando abunda en un hogar amor. Aunque sé que para muchos sería romantizarla, pero la verdad es que, en medio de tanta escasez, el amor fue quien nos salvó. Después, compartí casa con una amiga de la cual perdí el contacto. Ella tenía un esposo y un hijo y venía otro en camino. Eran muy pobres y cuando el padre supo del otro bebé en camino, su angustia se reflejaba en los ojos. Recuerdo que preguntó con qué lo vestirían cuando naciera y su esposa respondió "con papel periódico". La maternidad no es fácil sobre todo cuando hay tanta escasez. Para muchos es sencillo decir que mejor es no tener hijos si los traerás así al mundo, pero las circunstancias siempre han sido diferentes para todos. Podría decir que mi vida hubiese sido más simple si no hubiese habido tanta necesidad, pero no sé a ciencia cierta qué hubiese sido de mí. Sé que el dinero no lo es todo, aun así, no puedo renegar mi historia de vida porque gracias a ella soy quien soy. Tener a Dios en mi vida me ayudó a restaurar mi corazón y mente para empezar todo con otra actitud. Lo que me ha dado son estatutos y preceptos para ponerlos por obra y así vivir más liviano; él coloca todo nuevo y reescribe historias, haciéndote ver todo de manera distinta y mejor.

Aprendí a convertir todo en oportunidad para servirle a Él, quien me lo dio todo.

Las enseñanzas que me dio mi madre, a su manera, pero me dio, las recuerdo constantemente y me satisface tenerlas tan mías como mi tesoro. De mi mamita recuerdo sus esfuerzos limpiando casas, me dejaba en un cajón de madera, cuentan mis vecinas, para irse a traer algo para poder darnos de comer. Sus hijos, ya grandes, estaban viviendo sus batallas y se olvidaban de ella muchas veces. Estuvimos en un pueblo, Santiago, en un ranchito muy destartalado. Mi recuerdo más vivo es de vivir el amor. Mi abuela nos cocinaba el almuerzo con leña a mi primo y a mí. No era fácil porque nos tocaba ir en la madrugada al matadero a que nos dieran menudencias y sangre, pero otro día se levantaba con su amor y sus esfuerzos a hacernos arepitas en un fogón de carbón, con menudencias con cebolla y tomate y eran unas cosas tan deliciosas, unos manjares, el recuerdo de sus esfuerzos y de un amor que daba y no correspondía, pues ella estaba y mi madre Gloria no. El amor que ella sentía nos lo daba y demostraba de la manera más sencilla: con lo que se tiene. A veces olvidamos que en los pequeños detalles están las cosas más importantes.

Bryan, Angela y Gloria

Angela y Bryan

Nuestra ciudad natal, San Javier, Medellín

El inicio de un dolor silencioso

Dos cosas han marcado mi vida. Una de ellas marcó no solo mi alma, sino que también mi cara. Tuve una pareja, que marcó mi rostro.

Me dio un golpe en medio de una pelea, me rompió el labio y tuvieron que cocerme trece puntos. Esto nunca se me borrará de la memoria. Por común que parezca, lastimosamente, la violencia de género, no la podemos normalizar. Fui fuerte en muchas partes de mi vida de las que simplemente, si quería, me hubiera podido rendir y no lo hice, pero este episodio de mi vida, después de tantos años de lucha me quebró. Este golpe, enterró a una Ángela fuerte y dio a luz una Ángela débil, llena de miedos, por primera vez en toda su vida.

En esta etapa, algo muy profundo en mi interior cambió, empecé a guardar rencor, falta de perdón, acumulé todo lo que debía ir soltando. A veces pensamos que un golpe solo marca la cara, que las pequeñas cosas son insignificantes y no, los pequeños detalles, son demasiado importantes. Tuve que trabajar mucho para sanar de esto, pero me costó, me costó como nadie podría imaginar. El Señor en este proceso fue fundamental, porque pasaron muchos años para que él me restaurara. En momentos quería vengarme por lo que me hizo, tenía pensamientos de querer devolverle mal por mal, gracias a Dios solo quedó en un pensamiento. Dios guardó mi vida de cometer algo tan malo como hacerle daño intencional a una persona. A pesar de que esta etapa me nubló por mucho tiempo, Dios supo estar ahí dirigiéndome el camino. Limpió, como dice su palabra, mis impurezas y puso en mí un nuevo corazón.

Estaba un poco perdida, mi hijo quería un padre, me pedía un padre, me quise meter con alguien para llenar ese vacío, pero como dicen, todo pasa por algo. Mi hijo, que estaba pequeño, también sufrió mucho pues él estaba a mi lado cuando mandaron a personas a que me robaran, me partieron un diente y me chuzaron y todo eso lo sufrió él. Para mí ha sido bastante fuerte ese acontecimiento. Todo siempre depende de las decisiones que tomamos en nuestra vida, y yo me sentí indefensa, pensaba en mi hijo, era muy pequeño y me vi sin quien me defendiera.

Caí en el profundo abismo del dolor silencioso, ese que muchas veces sentimos, pero ignoramos, sentimos, pero escondemos.

Salir adelante no era una opción

Trabajo desde los trece años. No me dan miedo las situaciones. Pienso que el Señor me preparó desde el vientre de mi madre para saber llevar todo lo que vendría. Los dones que Dios nos da, no sabemos en qué momento los vamos a poner en práctica (digo nos da, porque, todos tenemos dones) solo hay que saberlos manejar y ponerlos al servicio de otros. Tengo la bendición de ser una persona que habla mucho, que comparte mucho, que se entrega sin importar que la otra persona de pronto sea un poco brusca para hablar, o que me pague mal si le hago algo, si le sirvo en algo, si le doy algo que después no lo tenga tan presente. Eso no me importa. Si después me pide un favor, se lo hago. Estoy muy dispuesta a dar, ayudar. Siempre estoy queriendo servir, siempre estoy queriendo mirar que tengo varias cosas y que le puede servir a mi prójimo, si no tiene un suéter, unos zapatos, lo que sea. Me vuelvo muy personal con las personas, muy cercana. Soy muy transparente. Si usted es mi amiga, si yo hablo contigo y te puedo ayudar y te puedo servir, y si puedo recomendarte en mi trabajo, y si en mi casa tengo cinco tendidos y te puedo pasar uno, lo hago. Lo digo así porque así soy para todo, no solamente para lo material. Cuando una persona me habla, yo siempre estoy mirando qué necesita, si le puedo ayudar, si le puedo dar. Invito mucho a que conozcan el Dios que nos da todo, el Dios que ha hecho a esta mujer diferente. Tengo muchos defectos, soy muy habladora, siempre me estoy riendo, siempre estoy queriendo poner chance, a hacerme su amiga, a querer aprender. Soy muy dispuesta a aprender. Me gusta integrarme con la gente. Estoy fascinada por haber podido estar en Medellín, Colombia, España, ahora en Inglaterra. Estoy muy dispuesta a querer ser usada por Dios donde me ponga. Cuando me congrego en la iglesia, quiero cantar, quiero leer la palabra, quiero escuchar testimonios, quiero escuchar cómo les va, que me cuenten las cosas que les han pasado, no tan buenas y buenas. Me emociono mucho, vibro mucho con los sueños míos y de los demás. Estoy en un nivel donde ahora todo lo saboreo, lo disfruto, lo toco. Me encuentro soñando todo el tiempo, siento que lo mejor está por venir y compartir los testimonios, le puede servir y ayudar a muchas personas. Habrá algunos que se identifiquen, otros pensarán que sólo han sufrido, que sólo ellas han sufrido, sólo quiero que cada uno tome lo que le pueda servir, para su propio beneficio. Lo que me impulsa es saber que la victoria es de Dios, y estoy agradecida por todo lo que ha hecho en mí cada día y lo que va a hacer más, no sólo lo que ha hecho ahora, porque cada día sigue transformándonos para que hagamos cosas extraordinarias y para que aprovechemos los dones que tenemos.

Una vida llena de cambios

De Medellín me fui a Cali con el propósito de prosperar en la economía, me fui por mi cuenta como trabajaba en Medellín, caminándome todo el centro a pie para vender mangos con una máquina que ideé. Con esa misma maquina me fui a Cali a montar el puesto en un centro comercial, cuando comenzamos colocamos el puesto en una mesita y nos tocaba a veces unos aguaceros y unos solazos y no teníamos donde guardar las cosas, mi hijo estaba muy pequeño en esa fecha. En el centro comercial en la entrada, donde se resguarda el vigilante, en esa parte protegía el niño del agua y yo tapaba las cosas y nos quedábamos ahí hasta que pasaba el agua. Cuando comencé con los mangos vendía muy poco porque la gente no conocía el producto y eran días de cinco mil pesos colombianos, de ese dinero sacábamos para comprar la comida, una para los dos y muchas veces mientras empezábamos comíamos muy mal, mi hijo tendría dos añitos. Eso no me gustaba y así que lo llevé a Medellín para que lo cuidaran allá y me regresé a Cali y yo iba a verlo cada ocho días, cada mes, según hacía mi balance que podía dejar el puesto. Ya después el señor del centro comercial me dejó montar el puesto adentro y me empezó a ir mucho mejor. Cuando me vine de Medellín a Cali, un señor me dijo que patentara la máquina para que nadie me la copiara, esa máquina me dio muchos ingresos, yo la llamaba la "saca dinero", porque con esa maquinita surtimos nuestro apartamento en Cali, después nos cambió la vida, me empezó a ir muy bien, tuve mejores ingresos y volví por mi hijo para traerlo conmigo.

Cuando llegamos cogimos una habitación y dormimos en una estera en el suelo, porque no teníamos para una cama, lo que hacíamos era para la comida, los pasajes y para surtir y así, fueron años muy difíciles. Pero todo mejor y pudimos alquilar un apartamentico y lo surtimos con todas las cositas, mi hijo tenía lo que necesitaba, y tuvimos una alcancía que supuestamente llenábamos entre los dos, pero esa alcancía no subía, y era que el niño se sacaba las monedas para comprar dulces.

Eran tiempo mejores. En una ocasión me tocaba irme a trabajar y dejar el niño solo en la casa, antes de que las cosas mejoraran. Había un hombre mayor que nos quería, quería ayudarnos, nos aportaba dinero para la casa. Él quería ayudarnos y cuidarnos, yo lo vi como una posibilidad de apoyo en ese tiempo. Compartimos como un año juntos, pero yo después ya no quería seguir con él y esta persona se enojó, se incomodó mucho porque yo no quería seguir con él y me dijo que le daba lo mismo matarme y perderse, yo no creí que era verdad, no puse denuncia, no hice nada, me cambié de casa. Un día fui a una fiesta y cuando regresé, él me estaba esperando y en la entrada de mi casa me golpeó, sí, el mismo que dejó trece puntos sobre mi cara. Recuerdo que me quedé llorando y llorando desde las tres hasta las seis de la mañana y al día siguiente fui a poner la denuncia y en la policía me dijeron que primero mi salud que fuera al médico y que después pusiera la denuncia. Fui al centro de salud y una doctora jovencita me coció muy bien, porque en mi cara no hay rastros de esos trece puntos, mi cara estaba muy hinchada, parecía un monstruo y me maquillé bien para que no se viera y para que mi hijo no se diera cuenta, y así fui a trabajar así al día siguiente. Todo esto por una persona que no aceptaba que ya no quería estar con él y lo tomó de otra manera. Esto ha sido uno de los pasos más doloroso en mi vida. Tambaleó muchísimo mi vida, ahí yo decidí que tendría un esposo que me protegiera y que nos ayudara, y elegí mi pareja, el papá de mi hijo pequeño, hice una elección para otros propósitos a futuro, aunque pagué otro precio, pero vuelvo y digo que todo sucede por algo.

Cuando uno está joven se cree, como decimos en Colombia "la última Coca Cola del desierto" y si la suerte te sonríe y tú piensas que lo tienes todo super bien y que nada te va a hacer daño, cuando suceden esas cosas, nos muestra la vida que no es así, que cualquier ventarrón nos tumba y que las flores se caen por muy hermosas que estén en la rama, entonces hay que echarnos agüita, lavarnos la cara y seguir para adelante. Esto pasó hace más de veinticinco años, a esa persona yo la he perdonado. Lo metieron a la cárcel cuando yo ya me encontraba en España, ahora no sé qué ha sido de su vida, solo sé que hay que perdonar, aunque no sea fácil.

¿Por qué contar esta historia? Porque hay muchas historias que necesitan ser contadas, porque cuando se quiere ayudar se hace de la manera que se pueda, porque los años pasan y no nos damos cuenta, porque tenemos que testificar de lo que hemos vivido, y no me da miedo hablar, no me da pena integrarme, no me da pena mirar cómo ayudar y cómo puedo presentarme ante el público a contar vivencias de mujeres que he encontrado en el camino, con las cuales he trabajado y llorado. No todo el mundo siente la necesidad de contar o es capaz de hablar y decir lo que no nos gusta, muchas soportan en silencio y mueren en el intento. Cuando se sabe mirar al futuro con emoción, con anhelo, con esfuerzo, todo es posible. Yo ahora estoy muy emocionada, compartiendo el anhelo, el deseo, el esfuerzo, y el universo ha conspirado para el resto, así que espero ayudar a que el universo siga un cauce y muchas mujeres tengan esperanza, aunque sea mínima. La vida nunca es fácil, casi siempre andamos luchando cada uno nuestras propias batallas. Poder contar la historia de muchas me lleva a analizar que los propósitos de Dios son en su tiempo. Llevo tejiendo este sueño hace años, de querer escribir un libro. Para mí escribir un libro es un cumulo de emociones llevadas a buen término, es mi experiencia con Dios en mi vida, donde sentí el cambio, donde empecé a vivir la vida de otra manera, donde me siento muy respaldada por el creador, que me dio la oportunidad de venir a este mundo a contar historias, a plasmar vivencias. Me imagino que habrá muchas historias contadas en el mundo en el que vivimos y cada una con un propósito diferente, espero que en la mía el propósito sea Dios quien lo dirija, no los seres humanos, porque nosotros no miramos más allá de las situaciones. Estoy viviendo unos años en los que siento como si hubiera vuelto a nacer, como si mirar al pasado pudiera exprimir y colar lo más delicioso de ese jugo de respirar, de andar, de mirar a las personas, de mirar a mis hijos, de mirar a las mujeres, sabiendo que cada una ha tenido su propósito, porque, aunque digan que somos el sexo débil, siempre he creído que somos el más fuerte, y Dios sabe porque es así. Solo queda ser más consciente de todo lo que conlleva la vida.

De Colombia a España, la migración desde mis ojos

Cuando empecé mi relación con Carlos, el padre de mi hijo pequeño, empezamos un proceso de conocernos muy corto. Quizás, porque recuerdo que Bryan estaba muy pequeño y constantemente me decía que quería tener un papá y yo quería dárselo. Quería que lo acompañara un hombre que fuera un referente, que le ayudara, que le enseñara lo que enseña un padre. La verdad por más que nos esforcemos por ser padre y madre, no logramos ser los dos completamente. Por algo en la biblia dice que mejor son dos que uno, y la bendición de una pareja es notable, sobre todo si somos sabios a la hora de plasmar los propósitos de Dios en nuestras vidas y en la vida de nuestros hijos. Un hogar que hace las cosas diferente y con amor, es realmente funcional. Quería una estabilidad, pero no estaba pensando que emocionalmente estaba mal y que tenía muchas heridas por sanar.

Con Carlos nos conocimos creo que cuatro o cinco meses, y en ese tiempo yo estaba aferrada solamente a la idea de que quería que fuese él quien nos defendiera, quien nos iba a apoyar. Me fijé en su físico, en lo alto y guapo que era, y me enfoqué en que fuera ese padre que mi hijo anhelaba. Claramente faltó mucho por conocernos, pero era Dios quien quería usar al uno y al otro para otros propósitos. Nos casamos. Me tiré al charco sin mirar cómo eran las cosas. Los tiempos fueron difíciles al principio, porque cuando uno se casa se da cuenta que cada uno viene con las secuelas de lo que ha vivido en sus casas. Traes contigo la manera de cómo te trataron tus padres estando pequeño, cómo te criaron, manías, caprichos y demás. Eso lo llevamos a nuestras casas sin querer y algunas cosas son buenas otras no tanto. Casi siempre queremos enseñar a los golpes, como nos enseñaron, pero la verdad es que a golpes no se enseña y así le hacemos daño a nuestros seres queridos. No me explico cómo, pero nuestra relación empezó como un flechazo, un amor a primera vista, tanto que lo único que quisimos fue adelantarnos a todos los pasos que quizás debíamos vivir a su justo tiempo. Queríamos haberlo ya alcanzado todo y en nuestro convivir nos dimos cuenta que nos faltaba demasiado por recorrer. Y duele, duele entender que, en quien decidiste aferrarte para tener seguridad, no termina siendo así. Yo digo que la vida es una maleta y que en ella siempre se meten demasiadas cosas. En la maleta de mi viaje con Carlos (me siguen mucho los Carlos, ya lo verán) el padre de Carlos José, mi hijo menor, hubo cosas no tan buenas, pero gracias a esa persona nosotros vinimos a España. Después de casarnos estuvimos un tiempo en Cali, pero cada día que pasaba me daba cuenta que Carlos, no tenía el sentido de responsabilidad y estabilidad que estaba buscando. Fue por su madre, que nos fuimos a vivir a España los tres. Cuando organizamos lo del viaje, ellos compraron los tiquetes de avión y se encargaron del resto. En la venida de Colombia a España, Bryan sufría de bronconeumonía, porque en la casa en la que vivimos en Cali más o menos un mes y medio, hacía mucho frio, y al niño le daban muchos catarros y él no sabía expulsar bien, y yo ocupada haciendo una cosa y la otra tratando de organizar para venirnos, pues no le curé bien la gripa y terminó enfermándose gravemente.

Veo las fotos y recuerdo que llegamos muy, pero muy flacos. Recuerdo mucho que el propósito de llegar a España era trabajar tres años y luego regresarnos a Colombia. Carlos quería comprar un taxi y con eso mantenernos, pero en ningún momento pensamos que al llegar no tendríamos papeles, un hogar propio y mucha necesidad. Llegamos a la casa de su madre, quien en ese entonces era mi suegra. Quedé en embarazo ese mismo día de Carlos José. No vivía sola en esa casa, vivía mucha gente, yo llegué y al otro día ya estaba trabajando limpiando una casa, porque la madre de Carlos estaba haciendo tres trabajos para poder pagar nuestros pasajes y yo tomé uno de esos. Trabajaba mañana, tarde y noche y entonces me tocaba a mí coger uno de los trabajos. Y así fue como empecé mi primer trabajo en Madrid. Carlos cuidaba a Bryan, mientras yo trabajaba, pero poco a poco los problemas iban saliendo a la luz. La casa era muy pequeña, el agua muy fría, hacía mucho frío, claro, nosotros veníamos de tierra caliente y llegamos aquí a vivir cuatro estaciones y todo fue muy diferente. Supimos de mi embarazo y esto trajo un gran resentimiento con mi suegra, ella empezó a tratarme mal y a faltarme al respeto, fue muy difícil porque empecé a enfermarme a raíz de la situación e insistí por salir de ese apartamento, hasta que los tres nos fuimos de allí y por un tiempo dormimos en un auto de congelados. Fue un tiempo desesperante, Carlos trabajaba durante el día y mi hijo y yo intentábamos estar por fuera el más tiempo posible. Encontramos una señora que quería dejarnos una habitación, pero su hija no la dejó. Cambiamos de pueblo, teníamos otra puerta abierta para otra casa, pero por los papeles no pudimos.

Y así un tiempo, cambiando de pueblo a pueblo hasta que logramos conseguir un hogar donde vivir y lo mejor es que trabajábamos ahí, era una granja. La casa no tenía absolutamente nada, pero la necesitábamos. Migrar nunca es fácil, y llegar a España, fue el tiempo más difícil que pasamos en el nuevo ciclo que comenzábamos, por eso comparto mi historia porque a cada país a donde llegamos las puertas abiertas no han sido fáciles de encontrar y mis hijos han sufrido mucho, aunque he tratado de defenderlos y protegerlos, hay cosas en las que no he podido, pero todo ha sido para darles un mejor futuro y una buena estabilidad. Este viaje fue un cambio completo. En Colombia por lo menos me defendía con mis trabajos, tenía poco, pero lo tenía todo. El cambio fue brutal, no tenía nada, ni ropa, el trabajo era muy duro, fue un cambio fuerte, pero me tocó adaptarme, y pude adaptarme. Emocionalmente estaba destruida y cada vez mi problema crecía por no haberme dado cuenta antes (el dolor silencioso), sobrevivía y luchaba, pero estaba realmente perdida. Hoy lo analizo y me doy cuenta que mi hijo mayor en ese momento tuvo que haberlo sufrido demasiado. Y mi hijo menor, Carlos José, también, porque durante su embarazo el niño sufrió violencia, su padre me agredía de forma "pasivo agresivo" con comentarios y acciones que vienen desde sus heridas de infancia y se sabe que los niños aún desde la panza, sienten.

Carlos, en su inmadurez le decía a Bryan que, si algo le pasaba a su hermanito, era su culpa. Hoy en día Carlos José es un niño que no saca lo que siente, todo lo interioriza y algo me dice que todo fue a raíz de su infancia. Bryan, en cambio, tuvo que adaptarse como yo, pero fue muy inteligente, rápido se independizó, encontró trabajo y siempre está ahí para nosotros. Es un chico fuerte.

Ángela era una mujer fuerte, echada para delante, no le importaba tener una buena ropa, pero estaba segura que algo en su vida se partió y demoró en darle la cara para sanar. Esa parte donde rompieron mi cara, ese golpe hizo mucho eco en mi vida y no me di cuenta hasta ahora de que fue una herida que me traje por muchos años. La misma herida me hizo caer en los brazos del desprecio, de la humillación, creyéndole a quien viniera que estaba bien pasar por encima de mí y de mis hijos. Y, ¿cuántas mujeres no pasamos por lo mismo? Creemos que todo aquel que dice "te amo" ama y no es así.

Estando con Carlos le permití muchas cosas que no debía. No estaba de acuerdo en cómo corregía a mis hijos, pero me daba argumentos que hicieron cambiar completamente mi forma de pensar y sin querer le di toda la autoridad sobre ellos y sobre mí, llegando incluso un día a dejarme inconsciente en el baño, me ahorcaba, me maltrataba. Yo no lo veía... o no lo quería ver. Siempre hay ese miedo de soltar y quedarse solos. Mi hijo Bryan crecía y lo analizaba todo, lo sentía todo.

Empecé a conseguir muchos trabajos, y pasaba casi todo el día por fuera, llegaba solo a casa a darles un poco de comida y a seguir. No miraba a Bryan ni a Carlos José, permití tantas cosas en tan poco tiempo que no entendí como fui capaz de dejarle hacer tanto a Carlos, quien en ese momento era mi esposo.

Sobre todo, porque por mucho tiempo me prometí que nada de eso iba a permitir. Pasamos de un maltrato a otro y me perdí. Me perdí completamente. Pero todo tiene su límite y su fin.

En una ocasión estallé, no pude con tanto. Me quedé sin trabajo, había necesidad, pero una noche llegó borracho, sucedieron muchas cosas que no escribo por respeto a su familia y decidí terminar con Carlos. No fue fácil tampoco, porque insistía mucho para que regresáramos, pero estaba muy decidida a no volver a lo mismo. Me paré firme. Tomé valor y seguí con mis hijos adelante. Carlos José tenía tres años y su padre se fue para Colombia, regresó ya cuando Carlos José estaba por cumplir los dieciocho años. Empecé a batallar sola con mis hijos, busqué ayuda con la trabajadora social, me pagaban el apartamento, pasé muchas carencias económicas muy difíciles en esa época, pero lo lograba. La familia de Carlos José me ayudaba a veces en cuidarlo, tuve un locutorio, pero no pude sacarlo adelante por los gastos del local, y yo no estando bien por dentro, pues las cosas no funcionaban tampoco por fuera. En esa época Bryan mi hijo mayor, empezó a buscar de Dios, empezó a ir a una iglesia. Yo empecé con un proyecto de vender vitaminas y a leer muchos libros. En la lectura volví a encontrarme poco a poco, volví a ver potencial en mí, volví a soñar y a creer nuevamente en que podía con todo, pero al mismo tiempo descubría que habitaba conmigo el dolor. En la empresa que estaba había eventos, y premios. Recuerdo muchísimo que trabajé para ganarme un crucero para llevarme a Carlos José, él estudiaba, pero siempre se escapaba. Empezó a hacer malos amigos y lo mandé a vivir donde una tía por dos años. En esta época, empecé a ir a la iglesia con Bryan. Era una iglesia pequeña, la estaban construyendo, pero los hermanos eran muy disponibles. Le daban comida a Bryan, le daban para los pasajes, ya que dinero no había. Tomó la decisión de bautizarse y ese día fui y yo misma le dije al Pastor Mauricio, quien era pastor en ese entonces: "vamos a ver cuánto dura en esto". Pero empecé a ir, a escuchar la palabra, veía muchos jóvenes y pensaba "claro, a esos sí le lavan el cerebro", pero poco a poco yo iba cambiando, sanando, Dios iba haciendo su obra en mí, sin darme cuenta. Era muy grosera con los chicos, no era una madre sabia. Acercándome a Dios me fui diferenciando, y llenándome de amor para darle a ellos. Iba a los campamentos, participábamos, regañaba a mi hijo por gastar el crédito de mi teléfono por vender los pollos de la iglesia para colaborar. Y luego empecé yo a ir a ayudar a trabajar en el la iglesia y me fui integrando. Pero uno comete errores y empecé a salir con un español, íbamos a ser pareja, duró tres años la relación, pero no funcionó. Dios usó la vida de mi hijo para acercarme a Él. Y veo algunas fotografías de antes de ir a la iglesia, y la verdad noto la diferencia, no somos personas santas ni perfectas, pero nuestra manera de hablar, de pensar y de actuar cambiaron. Nuestro hogar se llenó del amor de Dios y eso le dio una vuelta definitiva.

En España vivimos en varias ciudades antes de radicarnos a Zaragoza, pasaron los años y regresó Carlos, queriendo recuperar sus papeles. Intentamos divorciarnos varias veces, pero siempre por algo no se pudo. No quería que los tuviera, creía que no los merecía, hasta que mi hijo menor me insistió para dárselos y bueno, a mí no me costaba, si en un principio llegamos aquí también fue gracias a él. Así que le di nuevamente los documentos para que pudiera estar regular. Carlos José nunca se enteró de todo lo que pasamos, de alguna manera quisimos protegerlo, pero en algún momento se dará cuenta por sí mismo de quien es su papá, pero de mi parte no recibirá odio hacia su padre, porque una buena madre cuida y vela por sus hijos, por encima de todo y de todos.

Carlos José y Bryan

Abuela paterna de Carlos José

De España a Manchester

Un tiempo después me vine a vivir a Manchester. El viaje fue muy inesperado y también un poco mirado. Hablaba con una amiga que vivía aquí, pero no lo tomaba en serio porque estaba viviendo con un muchacho venezolano, Carlos, "mi última carta" porque siempre había sufrido mucho y con él, pensaba yo, que iba a salir adelante, pero otra vez, volví a empezar muy rápido, tomamos un apartamento juntos y me llevé a vivir a Carlos José nuevamente conmigo, ya Bryan se había independizado, pero aun así me reprochó mi rápida decisión e hice caso omiso, no entraba en razón, solo era lo que yo decía y mandaba. No pasó mucho tiempo para que en casa me empezara a gritar, era brusco, se comía toda la comida y no le importaba si yo comía y otras actitudes que no eran de una pareja. La vida perfecta para él era, estar los dos solos, en la casa viendo televisión después del trabajo, en cambio yo siempre he sido un espíritu libre, me gusta salir, compartir con las personas y eso ya era un choque fuerte en nuestra relación. Y otra vez volví a caer, supuestamente nos íbamos a casar, compré hasta vestido de novia. Recuerdo que el pastor un día me dijo "recuerde que no hay que darle gusto a la carne" y en efecto lo hacía por eso, pero Dios fue bueno y una vez más me rescató de esa situación. No estaba muy segura de tomar la decisión de dejarlo, pero en esos días tuve que viajar a Colombia por dos meses a solucionar una documentación de papeles por la muerte de mi madre y me di cuenta que, el hombre que vivía conmigo no estaba ahí para mí, para escucharme, para quererme a pesar de los pocos días distantes.

Regresé a España y le había pedido que estuviera pendiente de Carlos José y no, todo fue un desastre, mi hijo pasó hambre y necesidad habiendo comida y la casa, se la comía la mugre. Ver esa situación y escuchar a mi hijo, me hizo tomar la decisión de ponerle fin a esa situación. Lo dejé y en quince días organicé maletas y me vine a Manchester donde una amiga que me acogía. No lo niego, muy dentro de mí creía que iba a ser la persona indicada, con la que pasaría ya mis siguientes años de vida, con la que tendría un futuro distinto, pero una vez más me equivoqué y soltar no fue fácil, pero sí te hace valiente, muy valiente.

Recuerdo mi llegada a esta instalación por primera vez. Me emocioné mucho porque Dios conoce nuestro corazón donde quiera que vayamos, es quién sabe lo que nos va a dar en los lugares donde nos coloque. Y solo él sabe cómo calmar el corazón, ¿verdad? Sabe restaurar y sabe hacer que todo sea perfecto para ese tiempo. Dios hizo lo que absolutamente necesitaba, me apoyó y me abrazó con la sensación de que sabía lo que necesitaba, porque su amor, extraordinario en cada circunstancia, me rescató. Como les digo a todos los que somos especiales para Dios y para quienes él creó, él conoce el plan para cada uno y cuando estamos conectados con él podemos soportar y compartir todo y nunca será fácil pero siempre será posible. Me gusta hablar mucho, y he aprendido un lenguaje de señas, sin palabras con él y he vuelto a ser una niña porque es la forma en que Dios nos pide que seamos y Dios nos acepta como somos sin pensar mucho. Si hacemos el bien o el mal, él nos enseña cómo debemos mejorar y con su gran amor, nos transforma sin darnos cuenta.

Tengo demasiado por agradecerle. A Inglaterra me vine con cien euros en el bolsillo a empezar de nuevo, sí, una mujer de cincuenta y dos años empezando desde cero, sin ropa porque la ropa que traía en mi maleta de diez kilogramos era toda de verano y descubrí que aquí de calor casi no se oye. Pronto empecé a trabajar; tres meses me quedé donde mi amiga. Limpiaba muchas casas, casas grandes y difíciles de limpiar. Llegó un tiempo en el que solo me dolían las manos todos los días, pero más fuerte eran las ganas de salir adelante. Trabajaba casi diez horas al día, las desventajas de ser el nuevo en muchos trabajos es que siempre se quieren aprovechar y como no tenía un lugar propio me tocaba esperar muchas veces por fuera de la casa donde vivía hasta que llegaran del trabajo, el tiempo para comer era muy poco, entre una pequeña pausa y otra, un sándwich, una fruta.

En esa transición empecé a hablar con Dios de manera diferente, empecé a tener una relación más profunda con él contemplando su naturaleza, lloraba, reflexionaba y empecé a entender y a ver cosas que nunca quise mirar realmente. Empecé verdaderamente mi proceso de sanación. En una ocasión fui a limpiar una iglesia cristiana y conocí muchas personas, la limpiaba tres horas cuatro veces por semana, y pasaba allí mucho tiempo sola, y en ese tiempo, conversaba con Dios. Tuve un encuentro de sanidad tan profundo, una sanidad que busqué en Colombia y España y no encontré. Entendí que tenía muchas cosas por perdonar, por soltar, por más que antes creía haberlo hecho, pero no, aquí fue donde realmente empecé a sanar todo el dolor de mi vida. Sobre todo, a aquel hombre que lastimó mi cara. El Señor me enseñó a perdonar y a cómo hacerlo, porque la verdad es muy fácil hablar de perdón, pero hacerlo... ese es el reto. Él nos perdonó primero y yo he sido muy rencorosa. En ocasiones un tío se emborrachaba mucho y me golpeó la cara, desde entonces nunca más le volví a hablar, a pesar que los años pasaron y seguíamos compartiendo. Pues en esa oportunidad, hablando con Dios, pude sanar de esa herida que conservé. Por fin pude decirle a Dios "Señor, me siento liviana". Pero tuvieron que pasar muchos años para poder perdonar realmente.

Pude ser consciente de que se puede salir adelante a pesar de las dificultades. Llegué a Manchester sin nada y ahora me encuentro en una habitación llena de cosas, incluso para compartir y regalar, y aunque lo material no es lo esencial, agradezco por esto. La Ángela de ahora es totalmente agradecida, Dios me ha dado la bendición de tener una habitación desde la cual puedo contemplar desde las ventanas el amanecer, me siento tan amada, tan plena... que era todo lo que un día necesitaba tener. Todos los días les envió mensajes a mis hijos, voy a España cada que puedo, me nace escribir y por eso quería compartir mi historia, un poco sencilla, pero quiero que más mujeres la lean. Si muero ahora siento que me voy feliz porque cumplí todos los propósitos de Dios en mi vida. Cada día me abre muchas puertas. Si mi madre biológica leyera esto, sería un honor y un detalle muy interesante. Quién sabe si este libro llegará a sus manos. Conocer a Dios ha sido mi más grande regalo, ponerme debajo de su cobertura he hecho que nada sea tan duro o imposible. Qué cursilería pensaba yo escribir sobre el hecho que tuve maltrato, que me golpearon, pero luego dije, ¡la gente pasa por esto! Y sí, pasó, pero sanamos de esto y hoy somos más fuertes. Hoy mi hijo Carlos José, trabaja, cuida también de su hermanita, hija de su padre Carlos, le compra regalos, y le está dando un gran ejemplo a su padre de responsabilidad; uno se siente orgulloso que de todas maneras mis hijos pudieron salir adelante.

Cuando decidí venirme a Manchester nunca pensé en todo lo que pasaría aquí ni se me pasaron por la cabeza todas las cosas que Dios tuvo para mí en este país. Tengo la gran ventaja de que soy una mujer bendecida por Dios en todo momento.
Mi llegada aquí estaba prevista para estar tres meses y ver qué pensaba y qué pasaba. Me di cuenta que el propósito de Dios fue en su tiempo, porque ese es el Dios que tenemos, él hace todo perfecto para su gran objetivo en cada paso de este ser humano y todo se fue dando y acomodando. Él sabe cómo hacerlo. Ha pasado un año y medio desde esa fecha, y aunque no sé inglés ya entiendo el mensaje de Dios para mi vida (en todo sentido). Cuando voy a la iglesia estoy muy dispuesta a sentir su propósito, a escuchar, porque tengo claro desde el principio que Dios hace todo posible, uso el traductor, otras veces me comparten lo que significa el mensaje. Lo que realmente importa es que estoy dispuesta a sentir al gran Dios en esta hermosa vida que me ha permitido tener aquí.

Una amiga en Manchester

Mujer inspiradora, con un local que no te ofrece solo una taza de té, también un abrazo al alma.

Un antes y un después

Un acto que cambió mi vida radicalmente fue mi bautizo, algo que, en mí, estaba pendiente, pero constantemente se presentaban muchas circunstancias que lo impedían, a veces por documentos, entre ellos, los papeles del divorcio, luego me metí con una persona y se enredó la cosa con otra persona. Cuando llegué a Manchester, las cosas fueron diferentes, se aclararon muchas dudas y fue todo muy genuino, sobre todo porque sentía que muchas heridas ya se habían cerrado, cosa que no pasaba en España, entonces fue allí que tomé la decisión y todo se dio.

Es emocionante mirar hacia atrás y sentir el respaldo de Dios por dondequiera que pase. Me acontecen muchas cosas diariamente y las vivo y manejo de maneras diferentes al ayer. He podido cerrar muchos ciclos de dolor, por fin me siento libre y en paz, saber que ahora lo hago de la manera como Dios quiere, me hace sentir más fuerte que nunca. Me ha presentado un nuevo propósito de vida que quiero cumplir. Algunas cosas muy importantes que antes no tenía tan presente, ahora están muy latentes, esta historia, por ejemplo. Me llena de mucha satisfacción porque es una parte que mis hijos van a ver en un futuro cuando yo ya no esté y se la van a poder contar a mis nietos.

Nunca me había puesto en ese nivel de saber que puedo dejar una semillita. Nunca me había sentido tan en la capacidad de crear algo que puede dejar una huella bonita en los demás y hoy lo estoy haciendo, porque nunca es tarde. Dicen que debemos ser recordados cómo queremos ser recordados. Yo quiero ser recordada como la mujer que habla mucho, que siempre quiere estar aprendiendo; como la mujer que conoció al Señor y cambió su vida, poniéndola a soñar, sacándola de su país natal Colombia a España, y de España a Inglaterra, un lugar que nunca imaginé que cambiaría mi perspectiva de vida y donde empecé a construir cosas nuevas para entender que no nos enriquecemos ni hacemos cosas para nosotros, sino para los demás, dando y sirviendo con todo lo que tenemos y que del resto se encarga el Señor. Estoy en un nivel de ensueño del que nadie me puede bajar.

no tiene, todavía,

un final...

¿Por qué "Malas Madres"?

Este libro tiene vivencias que retengo son muy valiosas para reflexionar. Puede parecer sencilla esta historia, pero a la vez es el reflejo de muchas personas que vivieron algo similar a mí. Deseo que pueda llegar a la vida de muchas mujeres, que entiendan los "por qué" de sus vidas y puedan reconocer el valor que cada una de ellas tiene y les rodea, porque hay cosas extraordinarias e increíbles que vienen en vasos pequeños e irreconocibles, pero la vida es hermosa. A veces es difícil llegar a la meta, y vivir los retos que llegan con el tiempo. Que nuestros corazones se llenen del gozo, fuerza y valentía que vienen de parte de Dios. "Malas Madres" es un pensamiento quehe tenido recurrente en mi cabeza. En algún momento de nuestra vida cada una de nosotras ha sido esa mala madre, consciente e inconscientemente. Porque, aunque sino quisiéramos, los seres humanos somos imperfectos, el único perfecto es Dios, y por ende a veces tomamos malas decisiones que influyen en nuestros hijos. Lo bueno de todo esto es, que, tenemos un Dios que está constantemente a nuestro al rededor, protegiendo y guiando cada paso hacia la sabiduría. Malas Madres, porque muchas pasamos por tener esa mala madre que marcó nuestras vidas, pero al final, hay verdades que hay que decir: sin ella, buena o mala, no estaríamos aquí. En un futuro nuestras hijas, nuestras amigas, nuestras conocidas serán madres, procuremos darles el amor que transmitirán a sus hijos. Esta historia no termina aquí, todavía tengo mucho por contar y ser la voz de otras mujeres que no han podido hablar de lo que duele, seguramente en un segundo libro...

La historia de mujeres como
tú y como yo

Esposa por dinero

Esta es la historia de una mujer que a su corta edad la casaron, su madre y su hermano, diciendo que era lo mejor para ella. En su país es normal comprar "nueras" y organizar matrimonios. Claramente esa pequeña nunca vio esto como algo normal. Era una niña de catorce años, tímida y flaca. La boda fue tan rápida que no pudo ni disfrutarla. Se fue a vivir con su esposo, su suegra y sus cuñadas. Casi quince personas para una casa con tres habitaciones. Los problemas llegaron pronto, pues, aunque su madre la preparó para este momento toda su vida, había muchas cosas que no sabía hacer. Al inicio solo eran regaños, que la comida no estaba bien hecha ni el aseo y poco a poco la casa completa se iba convirtiendo en toda su responsabilidad y de los regaños se pasaron a las manos. Recibía bofetadas de un momento a otro y sin claras explicaciones, a veces por un sartén mal lavado, mal puesto. De los golpes, pasaron en poco tiempo, al maltrato psicológico, y ella siendo una niña, creía a todo cuanto le decían. "No vales para nada", era su pan diario y de ello se alimentaba, y fue creciendo como un robot que ellos mismos programaron. Quería huir, irse de aquel lugar, pero su pensamiento era claro y fuerte. Si regresaba su madre tendría que devolver todo el dinero que dieron por ella. En las pocas veces que se veía con su madre, estaba bajo vigilancia y nunca pudo decirle nada de lo que pasaba. Con su "esposo" había muy poca relación y él pasaba completamente de ella. Un día, después de mucho tiempo, tuvo la valentía de irse, de salir de esa casa, que, de hogar no tenía nada. Tomó un autobús y un tren y como pudo, llegó donde su madre. Al llegar, tenía la esperanza de recibir el apoyo de su propia madre, pero no, le dijo que se regresara, que no podían devolver todo ese dinero. Así que se regresó. Como pudo sobrevivió a toda esa situación. No tenía de otra, no tenía a donde ir ni con quien.

Pasaron los años y empezaron a reclamarle un hijo, pero lo que su familia no sabía era que su esposo no llevaba una vida matrimonial con ella y tenía otra pareja. El hijo al fin, a los dieciocho años, llegó, pero no cambió absolutamente nada, excepto que empezaron a involucrar en el maltrato a su esposo y él, luego, se desquitaba con ella.

El proceso de la maternidad de una mujer, para quien lo ha vivido y no, es una etapa fundamental sea para la madre que, para el hijo, y a ella le robaron eso también. No pudo disfrutar de su hijo, porque desde que nació, la familia de su esposo, se lo arrebató. Con el tiempo, aprendió a huir momentáneamente de la situación, iba donde su madre por unos días, y luego llegaban los demás a recogerla y así por unos años. Era un va y ven. Su mente, casi resignada por el maltrato no sabía cómo reaccionar. Poco tiempo después, quedó en embarazo nuevamente y cuando sus hijos ya tenían entre dos y tres años, tomó una decisión radical.

Se fue sola a la capital, sus hijos no eran ya suyos, dinero, tenía poco, pero en sí, cargaba toda la fuerza para no quedarse en el barro donde la estaban hundiendo.

Durante el día que llegó a la capital, solo pensaba en salir adelante; por primera vez estaba pensando en ella misma. Durmió en la estación del tren como pudo, y así un par de días hasta que su mente empezó a despertarse.

Pedía trabajo casa por casa, lugar por lugar y nadie

le daba trabajo hasta que tuvo la bendición de llegar a una carnicería, donde una señora, con lo poco que tenía le ofreció un puesto, quizás ni necesitaba a alguien, pero tuvo el corazón de entender la situación por la que estaba pasando esta joven. Le dio la ayuda que cualquier persona necesitaría recibir en esa situación. Todo empezó a cambiar y a organizarse. Extrañaba a sus hijos, pero sabía que ellos estaban bien, y que no tenía derecho alguno sobre ellos, gracias a las leyes de su país. Así que empezó a observar muchas cosas de su alrededor, y cada vez que entendía que no era un estorbo, que valía mucho, para ella era un gran logro. Con el pasar de los meses, ella llamó a su madre a decirle que estaba bien y ella, como si nada, le reclamó que regresara porque le estaban pidiendo el dinero de regreso, intentó manipularla nuevamente, pero ya la joven hecha mujer, omitió todo y siguió adelante. El tiempo pasó, conoció una persona, se fueron a España y de repente se entremetieron en cosas y ella terminó en la cárcel. En la cárcel, curiosamente, entre rejas, encontró la libertad. Conoció la luz de su vida, Guillermo. Le pedía a Dios que le diera orden a su vida porque no estaba en una buena situación, quería ser feliz. En ese tiempo ya tenía contacto con el padre de sus hijos y pagando podía verlos. Salió de la cárcel y se fue a vivir donde sus suegros, los padres de Guillermo, quienes la han apoyado más que su propia familia. Al día de hoy siguen juntos y ella relata que por fin en su vida está viviendo el amor, la felicidad y la estabilidad que siempre anheló.

Sus hijos podrían pensar que no ha sido una buena madre por dejarlos, pero la verdad es que, conociendo la historia, malas madres, antes, fueron otras. Bien se dice que siempre hay que escuchar la historia por todas sus partes. Esta mujer no se arrepiente de todo lo que ha vivido, pero no le gustaría volver a pasar por esto. Agradece a Dios porque hoy por hoy, es lo que es, por todo su pasado. Sus lágrimas, fueron su riego y es estable, fuerte, se siente invencible, porque es una mujer valiente.

Romper con los malos tratos generacionales, es el paso para cambiar la historia de nosotros y de los que nos rodean.

Entre ratones

Cuando estaba muy niña, una chica llegó a nuestra casa con una recién nacida, yo tenía alrededor de ocho años. Ella no traía leche, no le traía nada y la situación en casa estaba muy difícil, así que, aunque la tuvimos unos días, se nos hizo imposible y la regresamos a la muchacha en el terminal del autobús. Entendíamos la situación por la que esa madre estaba pasando, pero la pobreza vivía en todos.

Ella no quería recibirla, porque no tenía donde dejarla, su trabajo era la prostitución, era su sostén. Lastimosamente, con el tiempo, nos dimos cuenta que para ir a su trabajo, dejaba la niña en unas hojas de periódico, y los ratones con los días, se la comieron.

Son historias fuertes, pero a veces las madres no tienen recursos. Para mí, como madre, me parece increíble, que cosas así puedan pasar. Y aunque no hay justificación para algunas de ellas, deseo que toda madre tenga la valentía y responsabilidad de salir adelante por sí misma y por sus hijos.

Sin salida

Conocí una madre que regaló su hijo de once años a una persona homosexual. Este se encargó de criarlo hasta su edad adulta. Me impacta pensar en esta historia, porque cuando este niño creció quiso regresar a buscar a su madre y pasar tiempo con ella. Creía que podía recuperar el tiempo perdido, era bondadoso, y no guardaba rencor por la situación. Ella, su madre, en cambio, no tenía afecto alguno; no tenía ni un poco de interés por saber de él. Desde siempre y hasta ahora, lastimosamente ha estado en malos caminos, en drogas y perdición. Su hijo murió muy joven, tenía solo unos veinte y algo de años. Hoy en día la veo y le pido a Dios que la ayude, porque todo lo que pasó, que alguien más le cuidara a su hijo y lo creciera, por lo menos debería haberle hecho abrir los ojos, pero no fue así.

Es curioso pensar cómo puede un ser humano ser tan poco "humano", cómo puede alguien negarle el cariño a su propio hijo, pero existen personas así. A pesar de todo sigo encontrando madres especiales y llenas de amor.

Sigamos cosechando esto, para que el futuro de nuestros hijos sea diferente y no vivan una vida con carencias maternas. Que Dios nos dé siempre la sabiduría para guiarlos por el camino correcto y que puedan vernos siempre como un apoyo incondicional.

Las Madres, una marca perpetua

La palabra madre tiene demasiados conceptos, soy de hablar mucho, demasiado diría en algunas ocasiones, pero cuando escucho guardo demasiado en mi corazón. Soy muy sentimental, sensible y emocional. Una chica hace algunos meses en Inglaterra, donde estoy, me compartió parte de su historia. No cumplió los propósitos que su madre tenía, que estudiara, se preparara, que fuera a la universidad. Ella se enamoró muy joven sin terminar los estudios y quedó embarazada, su madre le dejó de hablar, el papá de su hijo no respondía mucho. Se vino a Inglaterra, ella es de Brasil, su madre nunca le volvió a hablar. La chica tiene treinta y tres años de edad, tiene otro hijo, es una profesional enfermera. En este país tiene algunas ayudas y alguna solución para una economía más o menos, pero lo que le veo es batallar siempre muy triste, porque tiene inconveniente con quien le cuide a sus hijos, uno tiene seis añitos, un varón, la niña tiene once. Ella los cría en una lucha constante. Trata de hacer lo mejor posible. Pero ese resentimiento que le mostró su madre al dejarle de hablar, al no volverla a voltear a mirar después de tantos años, es muy fuerte, es muy fuerte para una joven. Es muy fuerte para una madre ahora. Y es muy fuerte para ella, enseñarles a sus hijos, que su abuela no la voltee a mirar y que su abuela no quiere saber de sus nietos. Entonces hay una madre, hay dos madres, hay unas criaturas, hay unos ejemplos, hay un propósito que quedaron en el aire y una falta de humildad muy grande diría yo. Porque la una hace el esfuerzo por ir a hablar a la otra, pero la otra no le presta mucha atención.

Y es muy difícil, porque mira qué ejemplo le están dando a esos pequeños. Y eso marca, marca las vidas y sale de una decisión, que toma uno a veces y cuesta mucho bajar la guardia después. A muchas nos pasa similar como a ellas.

Estas historias no están lejos de nuestras realidades. Hemos dejado que se rompan las familias por falta de amor, preferimos darle el espacio amplio al odio y al rencor. Es más fácil dejarnos de hablar que luchar por mantener los vínculos familiares que nos hacen fuertes. Yo tomé la decisión de no seguir con el ejemplo de mis progenitores, me hice cargo de mis hijos con la ayuda de Dios, y aunque con una pareja y un padre para ellos hubiera sido más fácil, hoy día sé, que les di lo mejor de mí como madre.

Los sacrificios de una Madre

Hay otra madre que creció en una familia en la que eran siete. La situación económica no era buena. Ella siempre estaba pendiente de cuidar a todos sus hermanos. Llegó el día de enamorarse, de estabilizar su familia. Se enamoró de su príncipe azul, como nos pasa a muchas. Esa persona la quería mucho, la trataba muy bien, era un amor especial, cuenta ella. Ahora tiene sesenta años, y dice con mucha emoción todo lo que sintió. Me dio mucha alegría oírla, ahí se le iluminaron los ojos, le cambió el rostro, se llenó como de esa emoción, de esa alegría de tantos años atrás, y ella seguía sintiendo esa gran felicidad, que compartió en esos instantes. Ella decía que nunca a nadie había querido como quiso a esa persona. Pues resulta que el destino se lo ha quitado en un accidente fatal. Quedó ya con su niño. Empezó a batallar, a mirar dónde lo dejaba para poder trabajar. Su madre y sus hermanas se lo cuidaban, eran una familia bastante extensa, pero había que trabajar. Trabajar por una miseria para poder pagar los gastos y poder hacer muchas cosas. Y después por cosas del destino, sus dos hijos crecen. Uno de ellos se juntó en malas compañías y terminó en la cárcel. Ella prestando dinero aquí y allá para pagar abogados, para solucionar, de que su hijo no viviera esas etapas, ese dolor, esas experiencias tan dolorosas que se viven ahí. Y la lucha constante de ella, los sacrificios en Europa para mandar el sustento, para pagarle a unos abogados que le robaron el dinero, pero sin embargo ella siempre luchando por su pareja, por su madre y por sus hermanos. Nunca nada le impidió sacar adelante a su familia. Es una mujer hermosa.

Después se vino a Manchester. De aquí empezó a ayudarlos para que pasaran al otro lado, a Estados Unidos. Yo la vi orar, llorar y doblar rodilla para que el Señor los ayudara. Y pudieron pasar a otro país para que ellos tuvieran una mejor vida y una mejor economía y ella trabajando aquí varias horas. En una ocasión fui a su casa y tenía los tobillos de sus pies muy hinchados, sus piernas muy hinchadas e iba y hacía cuatro horas en un lado, cuatro horas en otro, para mandarle el dinero a sus hijos para que ellos pudieran viajar o pagar gastos en su país y hacer muchas cosas. Los sacrificios de unas madres son diferentes a los de otras, pero hay una gran ventaja, que es un esfuerzo mutuo porque cuando estamos con el Señor, el Señor nos respalda en todos esos esfuerzos que hacemos y se logra la meta. Es la diferencia de algunas con otras. Últimamente he conocido muchas madres que tienen a Dios en su corazón y en primer lugar para pedir y presentar todo lo que quieren para sus hijos y su familia y se siente el respaldo, no quiere decir que a las demás no las respalde, pero sí que con Dios las batallas son diferentes y la lucha es más llevadera y podemos sentirnos más fuertes por ese Dios que tenemos y que nos ama mucho. Una buena madre siempre da todo por ver bien a sus hijos.

Pensamientos inspirados
a algunos trozos de mi historia

Reflexión "Espejo"

Me miro al espejo y me gusta la Ángela que veo y los demás también lo notan. Es como el reflejo de cosas diferentes, una mezcla de todo, una reconstrucción de pedazos distintos. Lo más importante es que a veces las cosas entran por los ojos; siempre me rio mucho, y siento muy clara la diferencia del antes y el después. Venir a Manchester fue un propósito inmediato. Me siento livianita, me siento confortada y lo reflejo por dentro y por fuera. Es fácil contar la historia y escribir un libro aparentemente, pero remover todas esas historias, esas vivencias personales, no es nada fácil. Estar tan cerca de la muerte en distintos momentos te hace pensar en que tus hijos quedan y no podrás seguir ahí en todo momento cumpliendo ese propósito que te has plantado desde su nacimiento, ese de cuidarlos y protegerlos siempre, nos crea bastantes incógnitas, y preguntas para responder. Nada en esta vida es fácil, pero pienso que las situaciones de dolor se recuerdan más fácilmente que las de felicidad, son semillas que cuestan retirar por más que las evitemos en nuestro jardín. Así es nuestro caminar, y a mis 54 años he tenido muchas semillas malas, pero a esta edad me siento muy orgullosa de haber llegado hasta aquí.

Reflexión "Las relaciones"

Las relaciones son todas especiales, aunque algunas dejen más marcas que caricias. Siempre hay luchas. Fuimos puestos en esta tierra para dar como nos enseñó el Señor Jesús, compartiendo lo que tenemos. Estamos acostumbrados a pedirle a Dios constantemente, pero nos olvidamos de todo lo que tenemos. Debemos aprender a administrar nuestro tesoro. Mientras estemos preparados para recibir lo que la vida nos repara, estaremos sorprendidos del gran amor constante de Dios, siendo como buenos maestros, dibujando por donde pasamos con pinceles imborrables.

¿Cuánto nos prepara la vida cuando nacemos?

Nadie lo sabe, el camino se va marcando por donde quiera que vamos.

Reflexión "Oxigeno"

El oxígeno es un regalo que nos da Dios a lo largo de todos nuestros años de vida que tenemos, pero muy pocas veces somos conscientes de ese gran regalo que tenemos. Hoy podemos respirar a través de nuestros pulmones, podemos oxigenar nuestro cuerpo. Mi madre pasó los últimos años dependiendo de un oxígeno y eso no fue nada agradable. Sufría de asma y asfixia desde muy temprana edad. Recuerdo muchas veces estar en los hospitales, despeinada y mal vestida porque nos tocaba correr al hospital de emergencia. Verla culminar sus últimos años pegada a una máquina sin tener su independencia, sin poder trabajar y generar sus ingresos, sin su libertad, la que la llevó a dejar de sentirse viva, verla así, me hacía pensar en lo poco que valoramos todo lo que tenemos y nuestro bienestar. Es importante mirar al futuro y tener esas ganas de seguir y de aprender, y ser buenos seres humanos. A mis cincuenta y tres años ya cumplidos, estoy en el plan que Dios tiene para mí, no sé hasta donde me va a llevar, pero confío en su voluntad. Estos últimos meses he compartido con una persona que ha vivido muchas batallas y ha tenido muy cerca la muerte de un ser querido, su esposa, y tiene problemas de salud por su autismo, pero aun así siento que ha tenido mucho valor por cuidar de su esposa en sus últimos años de vida. Es algo que no todos son capaces de hacer, no todos tienen esa valentía de estar hasta lo último con la persona que se quiere, muchos acompañan hasta el hospital y sueltan la mano, pero otros están contigo hasta lo último. Estar con alguien no solo en las buenas, en el tiempo de bonanza, hablará muy bien de esa persona.

"Amor también es convertirnos en el oxígeno de aquel que ya no puede respirar".

Agradecimientos

Agradezco primeramente a Dios por el regalo de la vida y la oportunidad de poder poner mi historia por escrito. Mis agradecimientos van a todas esas personas (ellos mismos saben quiénes son), que hicieron parte del proceso de la creación de este libro y contribuyeron a su realización. Gracias por ser integrantes de esta maravillosa historia.

Dónde contactarme

Correo electrónico: Angelasuarez590@gmail.com

Instagram: milagrossuarez395

Facebook: Milagros Suárez

Índice

Printed in Dunstable, United Kingdom